김영랑 시집

모란이 피기까지는

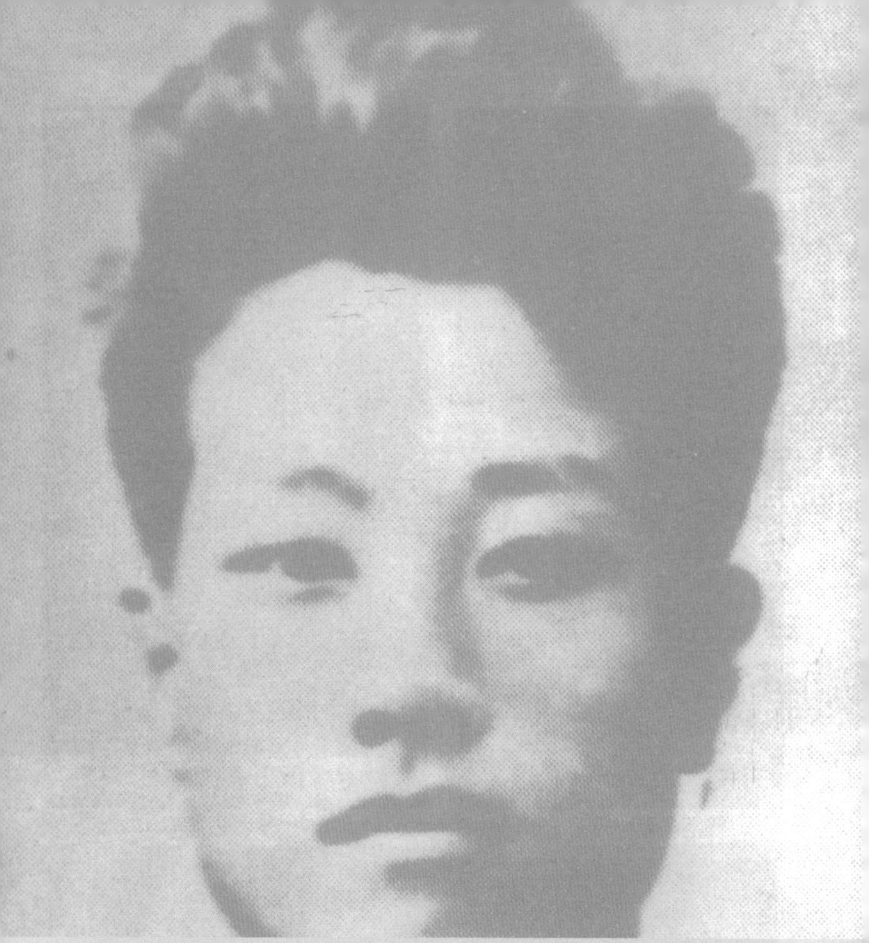

모란이 피기까지는

김영랑(1903년~1950)

1903년 전남 강진군 강진읍 남성리에서 5백석 지주의 장남으로 태어남. 당시 아명은 채준으로 불리어졌으며, 그의 본명은 윤식이다. 1917년 15세 때 휘문중 · 고에 입학하였는데, 바로 윗학년에는 월탄 박종화, 노작 홍사용이 있었고 바로 아래 학년에는 정지용, 이선근 등 훗날 한국의 문단을 꽃피운 인물들이 수두룩했다.
3 · 1운동이 일어나자 종로 네거리에서 독립만세를 부르다가 체포되어 심한 고문을 받았다. 그 후 일본 동경 청산학원에 입학하여 혁명가이며 무정부주의자인 박열과 같은 하숙방에서 하숙하는가 하면 평생의 지우인 박용철과 친교를 맺어 시작 활동에 몰두하는 기회를 갖게 되었다. 1949년 공보처 출판 국장으로 취임, 1950년 6 · 25동란이 발발되자 서울 장충동 은신해 있다가 포탄 파편으로 중상을 입고 47세 나이로 타계했다.

망우리 공동묘지에 장충단 공원 근처 이름없이 묻혔던
영랑의 유해를 이장하던 날(1954년 11월 14일)

전남 광주 공원에 세워진 영랑의 詩碑

차례

| 머리말 |

하늘과 별에 이르는 마음은 푸른 빛을 깨치며 깊은 심산에 진달래꽃으로 피었다가 슬픈 강물이 되어 광야에 메아리쳤다. 때로는 잠들지 못하는 영혼으로 아시아의 밤을 밝히면서 새벽빛 속을 달려 올 초인을 고대하기도 하였다.

한편으로는 빼앗긴 들에서 봄보다 더 잔혹한 포연과 화약 냄새가 진동하는 '검은 준열의 시대'를 살아야 했던 그들은 날카로운 눈빛으로 현실을 직시하며 작품을 통해 불안과 절망과 대결하는 시정신을 표출해 냈다.

'시를 쓴다는 것은 내가 사회를 살아가는 데 있어서 가장 의지할 수 있는 마지막 용기였다. 나는 지도자도 아니며 정치가도 아닌 것을 잘 알면서 사회와 싸웠다.'

이제 우리는 그들의 아름다운 삶을 위하여 작은 사랑을 약속하며 이 시집의 영롱한 화원을 달빛처럼 산책하면서 마음의 숲을 가꾸어야 한다.

모란이 피기까지는

모란이 피기까지는
나는 아직 나의 봄을 기다리고 있을테요.
모란이 뚝뚝 떨어져버린 날
나는 비로소 봄을 여읜 설음에 잠길테요.
오월 어느날 그 하루 무덥던 날
떨어져 누운 꽃잎마저 시들어버리고는
천지에 모란은 자취도 없어지고
뻗쳐 오르던 내 보람 서운케 무너졌으니
모란이 지고말면 그뿐 내 한 해는 다 가고 말아
삼백예순날 하냥 섭섭해 우옵내다.
모란이 피기까지는
나는 아직 기다리고 있을테요.
찬란한 슬픔의 봄을.

내 마음 고요히 고운 봄 길 위에

돌담에 속삭이는 햇발같이
풀 아래 웃음짓는 샘물같이
내 마음 고요히 고운 봄 길 위에
오늘 하루 하늘을 우러러고 싶다.

새악시 볼에 떠오는 부끄럼같이
시의 가슴을 살프시 젖는 물결같이
보드레한 에메랄드 얇게 흐르는
실비단 하늘을 바라보고 싶다.

동백잎에 빛나는 마음

내 마음의 어딘 듯 한편에 끝없는 강물이 흐르네
도처 오르는 아침날 빛이 빤질한 은결을 도도네
가슴엔 듯 눈엔 듯 또 핏줄엔 듯
마음이 도른도른 숨어 있는 곳
내 마음의 어딘 듯 한편에 끝없는 강물이 흐르네.

언덕에 바로 누워

언덕에 바로 누워
아슬한 푸른 하늘 뜻없이 바래다가
나는 잊었읍네 눈물 도는 노래를
그 하늘 아슬하야 너무도 아슬하야

이 몸이 서러운 줄 언덕이야 아시련만
마음의 가는 웃음 한때라도 없더라냐
아슬한 하늘 아래 귀여운 맘 즐거운 맘
내 눈은 감기였네 감기였네

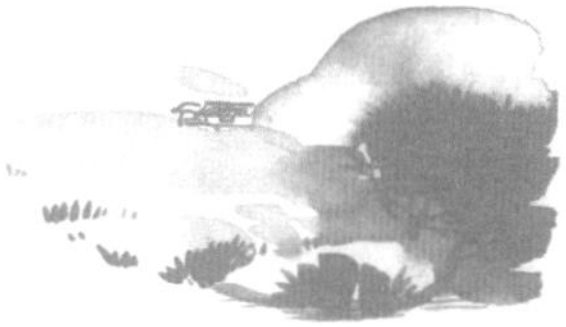

누이의 마음아 나를 보아라

'오-매 단풍들 것네.'
장광에 골불은 감잎 날러와
누이는 놀란 듯이 쳐다보며
'오-매 단풍들 것네.'

추석이 내일 모래 기둘리리
바람이 자지어서 걱정이리
누이의 마음아 나를 보아라
'오-매 단풍들 것네.'

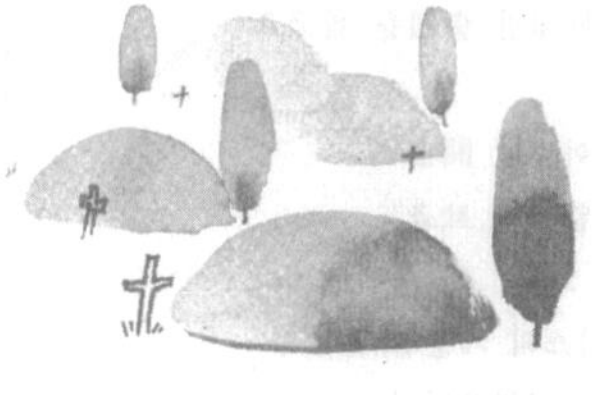

쓸쓸한 뫼 앞에

쓸쓸한 뫼 앞에 호젓이 앉으면
마음은 갈앉은 양금줄 같이
무덤의 잔디에 얼굴을 부비면
넋이는 향 맑은 구슬손 같이
산골로 가노라 산골로 가노라
무덤이 그리워 산골로 가노라

눈물에 실려가면

눈물에 실려가면 산길로 칠십리
돌아보니 찬바람 무덤에 몰리네
서울이 천리로다 멀기도 하련만
눈물에 실려가면 한걸음 한걸음

뱃장 위에 부은 발 쉬일가보다
달빛으로 눈물을 말릴가보다
고요한 바다위로 노래가 떠간다
서름도 부끄러워 노래가 노래가.

꿈밭에 봄마음

구비진 돌담을 돌아서 돌아서
달이 흐른다 놀이 흐른다.
하이얀 그림자
은실을 즈르르 몰아서
꿈밭에 봄마음 가고가고 또 간다.

달맞이

빛깔 환-희
동창에 떠오름을 기두리신가
아흐레 어린 달이
부름도 없이 홀로 났소.
월출 동령
팔도 사람 마지하오.
기척없이 따르는 마음
그대나 고히 싸안아 주오.

제 야

제운밤 촛불이 찌르르 녹아버린다
못 견디게 무더운 어느 별이 떨어지는가

어둑한 골목골목에 수심은 떴다 갈앉았다
제운밤 이 한밤이 모질기도 하온가

희뿌얀 종이들 불 수줍은 걸음걸이
샘물 정히 떠붓는 안쓰러운 마음결

한해라 기리운 정을 모으로 쌓아 흰 그릇에
그대는 이 밤이라 맑으라 비사이다.

하늘갓 다은데

내 옛날 온꿈이 모조리 실리어간
하늘갓 닷는데 기쁨이 사신가

고요히 사라지는 구름을 바래자
헛되나 마음 가는 그곳 뿐이라.

눈물을 삼키며 기쁨을 찾노란다
허공은 저리도 한없이 푸르름을

얹데여 눈물로 따우에 색이자
하늘갓 닷는데 기쁨이 사신다.

내 마음을 아실이

내 마음을 아실이
내 혼자 ㅅ마음 날같이 아실이
그래도 어데나 계실 것이면

내 마음에 때때로 어리우는 티끌과
속임없는 눈물의 간곡한 방울방울
푸른밤 고이 맺는 이슬같은 보람을
보밴듯 감추었다 내여드리지

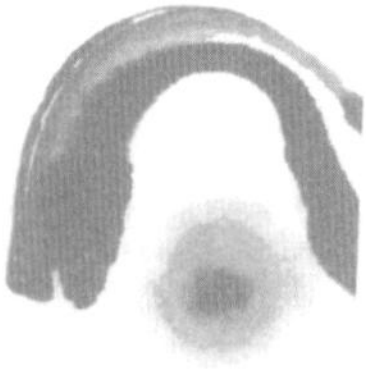

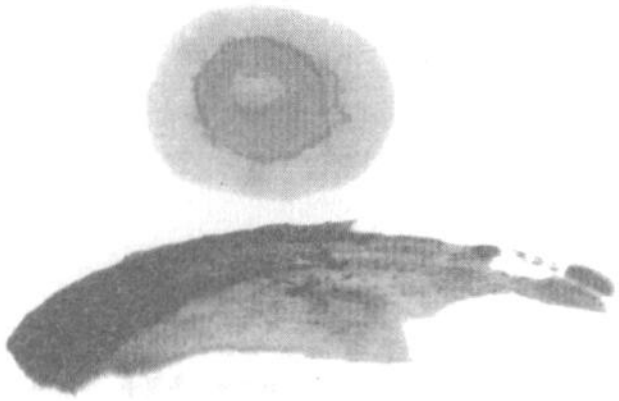

아! 그립다
내 혼자 ㅅ마음 날같이 아실이
꿈에나 아득히 보이는가

향 맑은 옥돌에 불이 달어
사랑은 타기도 하오련만
불빛에 연긴듯 희미론 마음은
사랑도 모르리 내 혼자 ㅅ마음은

그대는 호령도 하실만하다

창랑에 잠방거리는 섬들을 길러
그대는 탈도 없이 태연스럽다

마을을 휩쓸고 목숨 앗아간
간밤 풍랑도 가소롭구나

아침날 빛에 돛 높이 달고
청산아 보란 듯 떠나가는 배

바람은 차고 물결은 치고
그대는 호령도 하실만하다.

가늘한 내음

내 가슴속에 가늘한 내음
애끈히 떠도는 내음
저녁해 고요히 지는데
먼 산 허리에 슬리는 보랏빛

오! 그 수심 뜬 보랏빛
내가 잃은 마음의 그림자
한 이틀 정열에 뚝뚝 떨어진 모란의
깃든 향취가 이 가슴 놓고 갔을 줄이야.

얼결에 여윈 봄 흐르는 마음
헛되히 찾으랴 허덕이는 날
뺄우에 철석 개ㅅ물이 놓이듯
얼컥 이-는 훗근한 내음

아! 훗근한 내음 내키다마는
서어한 가슴에 그늘이 도나니
수심 뜨고 애끈하고 고요하기
산허리에 슬이는 저녁 보랏빛

시냇물 소리

바람 따라 가지오고 멀어지는 물소리
아주 바람같이 쉬는 적도 있었으면
흐름도 가득 찰랑 흐르다가
더러는 그림같이 머물렀다 흘러보지
밤도 산골 쓸쓸하이 이 한밤 쉬여가지
어느 뉘 꿈에 든 셈 소리 없든 못 할소냐

새벽 잠결에 언듯 들리여
내 무건 머리 선듯 씻기우느니
황금소반에 구슬이 굴렀다
오, 그립고 향미론 소리야
물아 거기 좀 멈췄으라. 나는 그윽히
저 창공의 은하 만년을 헤아려 보노니

물 보면 흐르고

물 보면 흐르고
별 보면 또렷한
마음이 어이면 늙으뇨.

한날에 한숨만
끝없이 떠돌던
시절이 가엾고 멀어라.

안쓰런 눈물에 안껴
흐튼잎 싸인 곳에 빗방울 드듯
느낌은 후줄근히 흘러흘러 가건만

그밤을 홀히 앉으면
무심코 야윈 볼도 만져 보느니
시들고 못 피인 꽃 어서 떨어지거라

아파 누워 혼자 비노라

아파 누워 혼자 비노라
이대로 가진 못하느냐

비는 마음 그래도 거짓있나
사잔 욕심 찾아도 보나
새삼스레 있을리 없다
힘없고 느릿한 핏줄 하나

오! 그저 이슬같이
예사 고요히 지려므나
저기 은행잎은 떠날은다

마당 앞 맑은 새암을

마당 앞
맑은 새암을 들여다본다.

저 깊은 땅 밑에
사로잡힌 넋있어
언제나 먼 하늘만
내여다보고 계심같아

별이 총총한
맑은 새암을 들여다본다.

저 깊은 땅 속에
편히 누은 넋있어
이 밤 그 눈 반짝이고
그의 것 몸 부르심같아

마당 앞
맑은 새암은 내 영혼의 얼굴

황홀한 달빛

황홀한 달빛
바다는 은장
천지는 꿈인양
이리 고요하다.

부르면 내려올 듯
정든 달은
맑고 은은한 노래
울려날듯

저 은장우에
떨어진들
달이야. 설마
깨어질라고

떨어져 보라
저 달 어서 떨어져라
그 혼란스럼
아름다운 천동 지동

후젓한 삼경
산 위에 홀로
꿈꾸는 바다
깨울 수 없다

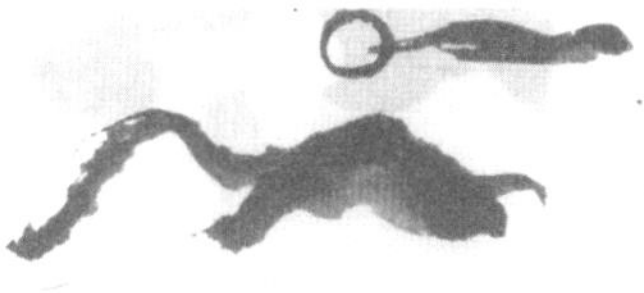

거문고

검은 벽에 기대 선 채로
해가 스무번 바뀌였는데
내 기린은 영영 울지를 못한다

그 가슴을 통 흔들고 간 노인의 손
지금 어느 끝없는 향연에 높이 앉었으려니
땅 위의 외로운 기린이야 하마 잊어졌을나

바깥은 거친 들 이리 떼만 몰려다니고
사람인양 꾸민 잣나비 떼들 쏘다니여
내 기란은 맘둘 곳 몸둘 곳 없어지다

문 아주 굳이 닫고 벽에 기대 선 채
해가 또 한 번 바뀌거늘
이 밤도 내 기린은 맘놓고 울들 못한다

가야금

북으로
북으로
울고간다 기러기

남방의
대숲밑
뉘 휘여 날켯느뇨

앞서고 뒤섯다
어지럴리 없으나

가녈픈 실오래기
네 목숨이 조매로아

연

내 어린날!
아슬한 하늘에 뜬 연같이
바람에 깜박이는 연실같이
내 어린날! 아슨풀하다

하늘은 파랗고 끝없고
편편한 연실은 조매롭고
오! 흰 연 그 새에 높이
아실아실 떠놀다. 내 어린날!

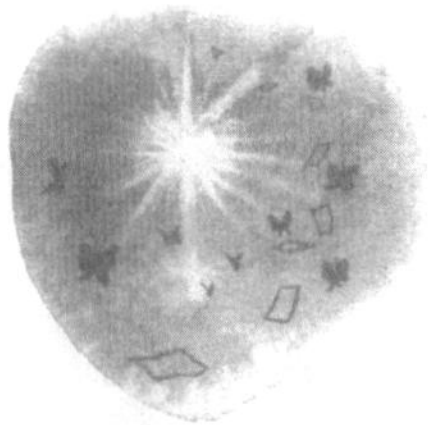

바람이 일어 끊어갔더면
엄마 아빠 날 어찌 찾아
히끗히끗한 실낫 믿고
어린 아빠 피리를 불다

오! 내 어린날 하얀 옷 입고
외로히 자랐다 하얀 넋 담고
조마조마 길가에 붉은 발자욱
자옥마다 눈물이 고이였었다.

묘비명

생전에 이다지 외로운 사람
어이해 뫼 아래 빗돌 세우오
초조론 길손의 한숨이라도
헤여진 고총에 자조 떠오리
날마다 외롭다 가고말 사람
그래도 뫼 아래 빗돌 세우리
외롭건 내 곁에 쉬시다 가라
한 되는 한마디 삭이실난가

5월

들길은 마을에 들자 붉어지고
마을 골목은 들로 내려서자 푸르러졌다
바람은 넘실 천이랑 만이랑
이랑 이랑 햇빛이 갈라지고
보리도 허리통이 부끄럽게 드러났다
꾀꼬리는 여태 혼자 날아볼 줄 모르나니
암컷이라 쫓길 뿐
수놈이라 쫓을 뿐
황금 빛난 길이 어지럴 뿐
얇은 단장하고 아양 가득 차 있는
산봉우리야, 오늘밤 너 어디로 가버리련?

독을 차고

내 가슴에 독을 찬지 오래로다
아직 아무도 해한 일 없는 새로 뽑은 독
벗은 그 무서운 독 그만 흩어버리라 한다
나는 그 독이 벗도 선뜻해 할지 모른다 위협하고

독 안 차고 살아도 머지않아 너 나 마주 가버리면
누억 천만 세대가 그 뒤로 잠잖고 흘러가고
나중에 땅덩이 모지라져 모래알이 될 것임을
'허무한듸!'
독은 차서 무엇 하느냐고?

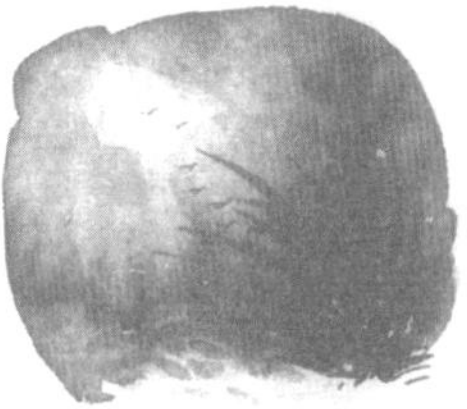

아! 내 세상에 태어났음을 원망 않고 보낸
어느 하루가 있었던가,
'허무한듸!'
허나
앞뒤로 덤비는 이리 승냥이 바야흐로 내 마음을 노림에
내 산 채 짐승의 밥이 되어 찢기우고 할퀴우라
네 맡긴 신세임을

나는 독을 품고 선선히 가리라
마금날 내 깨끗한 마음 건지기 위하여.

한 줌 흙

본시 평탄했을 마음 아니로다
굳이 톱질하여 산산 찢어 놓았다

풍경이 눈을 흘리지 못하고
사랑이 생각을 흐리지 못한다
지쳐 원망도 않고 산다

대체 내 노래는 어디로 갔느냐
가장 거룩한 것 이 눈물만

아쉰 마음 끝내 못 빼앗고
주린 마음 끄득 못배불리고

어피차 몸도 피로워졌다
바삐 관에 못을 다져라
아모려나 한 줌 흙이 되는구나

강 물

잠자리 서러워서 일어났오
꿈이 고웁지 못해 눈을 떴오

벼개에 차단히 눈물은 젖었는데
흐르다 못해 한방울 애끈히 고이였오

꿈에 본 강물이라 몹시 보고 싶었오
무럭무럭 김 오르며 내리는 강물

언덕을 혼자서 거니노라니
물오리 갈매기도 끼륵끼륵

강물을 철철 흘러가면서
아심찬이 그 꿈도 떠실고 갔소

꿈이 아닌 생시 가진 설음도
작고 강물은 떠실고 갔소

놓인 마음

가을날 땅거미 아름풋한 흐름 위를

고요히 살리우다 흰듯 슬어지는 것
이른 봄 보랏빛의 낡은 내음이뇨
이미 사라진 천리 밖의 산울림
오랜 세월 씻닷긴 으스름한 파스텔

애氣은 듯한
좀 서러운 듯한

오…… 모두가 못 돌아오는
먼 지난날의 놓인 마음

호젓한 노래

그대 내 홋진 노래를 들으실까
꽃은 가득 피고 벌떼 닝닝거리고

그대 내 그늘 없는 소리를 들으실까
안개 자욱히 푸른 골을 다 덮었네

그대 내 흥 안 나는 노래를 들으실까
봄물결은 왜 이는지 출렁거리네

내 소리는 꿰 벗어 봄철의 실타리
호젓한 소리 가다가는 씁쓸한 소리

어슨 달밤 빨간 동백꽃 쥐어 따서
마음씨 양 꽁꽁 주무러버리네.

수풀 아래 작은 샘

수풀 아래 작은 샘
언제나 흰구름 떠가는 높은 하늘만 내어다보는
수풀 속의 맑은 샘
넓은 하늘의 수만 별을 그대로 총총 가슴에 박은 작은 샘
두레박을 쏘다져 동우갓을 깨지는 찬란한 떼별의 흩는 소리
얼켜져 잠긴 구슬 손결이
웬 별나라 휘 흔들어버리어도 맑은 샘
해도 저물녘 그대 종종걸음 흰듯 다녀갈 뿐 샘은 외로워도
그밤 또 그대 날과 샘과 셋이 도른도른
무슨 그리 향그런 이야기 날을 세었나
샘은 애끈한 젊은 꿈 이제도 그저 지녔으리
이 밤 내 혼자 나려가볼꺼나 나려가볼꺼나

5월 아침

비 개인 5월 아침
흘란스런 꾀꼬리 소리
찬엄한 햇살 퍼저 오름내다.

이슬비 새벽을 적시울 지음
두견의 가슴 찢는 소리 피어린 흐느낌
한 그릇 옛날 향훈 어찌
이 맘 홍근 안찢었으리오만은

이 아침 새 빛에 하늘대는 어린 속잎들
저리 부드러웁고
그 보금자리에 찌찌찌 소리 내는 갈새의
발목은 포실거리어
접힌 다음 구긴 생각 이제 다 어루만져졌나보오.

꾀꼬리는 다시 창공을 흔드오
자랑찬 새 하늘 사치스레 만드오.

몰핀 냄새도 잊어버렸대서야
불혹이 자랑이 되지 않소.
아침 꾀꼬리에 안불리는 혼이야
새벽 두견이 못잡는 마음이야
한낮이 정실하단들 또 무얼하오.

저 꾀꼬리 무던히 소년인가보
새벽 두견이야 오랜 중년이고
내사 불혹을 자랑튼 사람.

5월 한

모란이 피는 5월달
월계도 피는 5월달
온갖 재앙이 다버러졌어도
내 품에 남는 다수은 김 있어
마음실 튀기는 5월이러라
무슨 대견한 옛날였으랴
그래서 못 잊는 5월이랴
청산을 거닐면 하루 한 치씩
뻗어오르는 풀숲 사이를
보람만 달리는 5월이러라

아무리 두견이 애달퍼 해도
황금 꾀꼬리 아양을 펴도
싫고 좋고 그렇기보다는
풍기는 내음에 지늘껴 것만
어느새 다 해진 5월이러라

원 망

바람이 부는대로 찾아가오리
흘린 듯 기약하신 님이시기로
행여나! 행여나! 귀를 종긋이
어리석다 하심은 너무하구료.

문풍지 설음에 몸이 저리어
내리는 함박눈 가슴 헤여져
헛보람! 헛보람! 몰랐으료만
날더러 어리석다는 너무하구료.

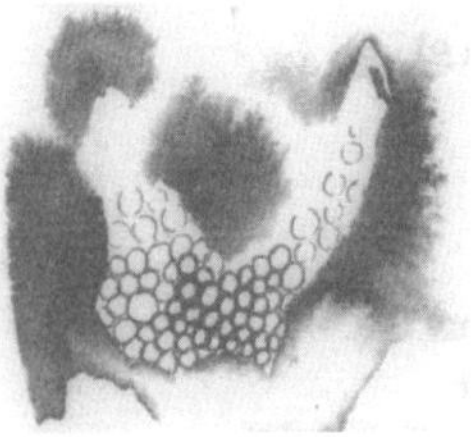

내 마음을 아실이

내 마음을 아실이
내 혼자 마음 날같이 아실이
그래도 어디나 계실 것이면

내 마음에 때때로 어리우는 티끌과
속임 없는 눈물의 간곡한 방울방울
푸른 밤 고이 맺는 이슬 같은 보람을
보배인 듯 감추었다 내어드리지.

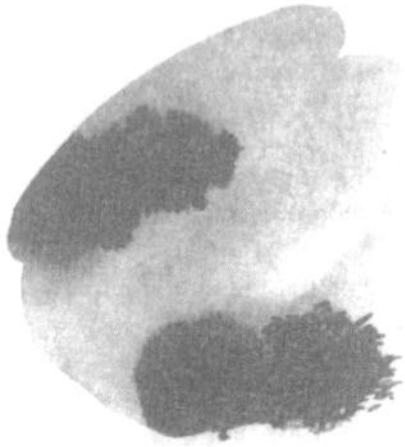

아! 그립다
내 혼자 마음 날같이 아실이
꿈에나 아득히 보이는가.

향 맑은 옥돌에 불이 달아
사랑은 타기도 하오련만
불빛에 연기인 듯 희미한 마음은
사랑도 모르리 내 혼자 마음은

황홀한 달빛

황홀한 달빛
바다는 은(銀)장
천지는 꿈인양
이리 고요하다.

부르면 내려올 듯
정든 달은
맑고 은은한 노래
울려날 듯.

사개 틀린 고풍의 툇마루에

사개 틀린 고풍의 툇마루에 없는 듯이 앉아
아직 떠오를 기척도 없는 달을 기다린다.
아무런 생각없이
아무런 뜻없이

이제 저 감나무 그림자가
사뿐 한 치씩 옮아오고
이 마루 위에 빛깔의 방석이
보시시 깔리우면

나는 내 하나인 외로운 벗
가냘픈 내 그림자와
말없이 몸짓없이 서로 맞대고 있으려니
이 밤 옮기는 발짓이나 들려오리라.

4행소곡

1.
보이지도 않는 입김의 가는 실마리
새파란 하늘 끝에 오름과 같이
대숲의 숨은 마음 기여히 찾으러
삶은 오로지 바늘끝 같이

2.
님 두시고 가는 길의 애끈한 마음이여
한숨 쉬면 꺼질 듯한 조매로운 꿈길이여
이 밤은 캄캄한 어느 뉘 시골인가
이슬 같이 고인 눈물을 손끝으로 깨치나니

3.
무너진 성터에 바람이 세니
가을은 쓸쓸한 맛 뿐이구료.
히끗히끗 산국화 나부끼면서
가을은 애닯다 속삭이느뇨.

4.
저녁때 외로운 마음
붙잡지 못하여 걸어다님을
누구라고 불러주신 바람이기로
눈물을 눈물을 빼앗아가오.

5.
풍우에 맺어지는 이슬을 본다
눈썹에 아롱지는 눈물을 본다
풀 위에는 정기가 꿈같이 오르고
가슴은 간곡히 입을 벌린다.

6.
푸른 향물 흘러버린 언덕 위에
내 마음 하루살이 나래로다
보실보실 가을눈(?)이 그 나래를 치며
허공의 소식임을 들으라 한다.

7.
좁은 길가에 무덤이 하나
이슬에 젖으며 밤을 샌다.
나는 사라져 저 별이 되오리
뫼 아래 누워서 희미한 별을

8.
허리띠 매는 새악시 마음실같이
꽃가지에 은은한 그늘이 지면
흰 날의 내 가슴 아지랑이 낀다
흰 날의 내 가슴 아지랑이 낀다.

9.
못 오실 님이 그리웁기로
흩어진 꽃잎이 슬펐던가
빈 손 쥐고 오신 봄이 거저나 가시련만
흘러가는 눈물이면 님의 마음 젖으련만.

10.
다정히도 불어오는 바람이길래
내 숨결 가볍게 실어보냈지
하늘가를 스치고 휘랄바람
어이면 한숨만 몰아다주오.

11.
향내 없다고 버리실려면
내 목숨 꺾지나 마으시오
외로운 들꽃은 들가에 시들어
철없는 그이의 발 끝에 좋을걸.

12.
언덕에 누워 바다를 보면
빛나는 잔물결 헤일 수 없지만
눈만 감으면 떠오르는 얼굴
뵈올적마다 꼭 한 분이구려

13.
밤 사람 그립고야
말없이 걸어가는 밤사람 그립고야
보름 넘은 달 그리며 마음아이 서로워
오랜 밤을 나도 혼자 밤사람 그립고야

14.
눈물 속 빛나는 보람과 웃음속 어두운 슬픔은
오직 가을 하늘에 떠도는 구름
다만 호젓하고 줄 곳 없는 마음만 예나 이제나
외로운 밤 바람스친 찬별을 보았습니다.

15.
빈 포켓에 손 찌르고 폴 베르레르 찾는 날
온몸은 흐렁흐렁 눈물도 찔끔난다.
오! 비가 이리 줄줄줄 내리는 날은
슬픈 소리 한 천마대 썼으면 싶어라.

16.
바람에 나부끼는 갈잎
여울에 희롱하는 갈잎
알면서 모르면서 숨쉬고 눈물 맺는
내 청춘의 어느날 서러운 손짓이여

17.
뻘은 가슴을 훤히 벗고
개펄 수집어 고개 숙이네
한낮에 배란 놈이 젖가슴 만졌고나
뻘건 맨발로는 나도 자꾸 간지롭구나

18.
그밖에 더 아실이 안 계실거나
그이의 젖은 옷깃 눈물이라고
빛나는 별아래 애달픈 입김이
이슬로 맺히고 맺히었음을

19.

밤이면 고층 아래 고개 숙이고
낮이면 하늘 보고 웃음 좀 짓고
넓은 들 쓸쓸하며 외로운 할미꽃
아무도 몰래 지는 지친 별

20.

저 곡조만 마저 호동글 사라지면
목 속의 구슬을 물 속에 버리려니
해와 같이 떴다 지는 구름 속 종달새는
내일 또 새론 섬 새 구슬 머금고 오리.

21.

산골을 놀이터로 컨 새악시
가슴속은 구슬같이 맑으련마는
바라보이는 먼 곳이 그리움인지
동우인 채 산길에 섰기도 하네

22.

사랑은 싶으기 푸른 하늘
맹세는 가겹기 흰 구름 쪽
그 구름 사라진다 서럽지는 않으나
그 하늘 큰 조화 못 믿지는 않으나

23.

빠른 철로에 조는 손님아
이 시골 이 정거장 행여 잊을라
한가하고 그립고 쓸쓸한 시골 사람의
드나드는 이 정거장 행여 잊을라

24.

숲 향기 숲길을 가로막았오
발 끝에 구슬이 깨여지고
달 따라 들길을 걸어다니다
하룻밤 여름을 새워버렸오

25.
그 색시 서럽다. 그 얼굴 그 동자가
가을 하늘가에 도는 바람 씻긴 구름 조각
행복하고 서늘하여 어디로 떠나 갔으랴
그 색시 서럽다. 옛날의 옛날의

26.
떠날이가는 마음의 포렴한 길을
꿈이련가 눈감고 헤아리려니
가슴에 선뜻 빛말이 돌아
생각을 끊으며 눈물 고이며

27.
미움이란 말속에 보기 싫은 아픔
미움이란 말속에 허전한 뉘우침
그러나 그 말씀 씹히고 씹힐 때
한거풀 넘치어 흐르는 눈물

28.

생각하면 부끄러운 일이어라
석가나 예수같이 큰일을 하리라고
내 가슴에 불덩이가 타오를 때
학생이란 피로 싸인 부끄러운 때

29.

온몸을 감도는 붉은 핏줄이
꼭 감긴 눈속에 뭉치어 있네
날랜 소리 한 마디 날랜 칼 하나
그 핏줄 딱 끊어버릴 수 없나.

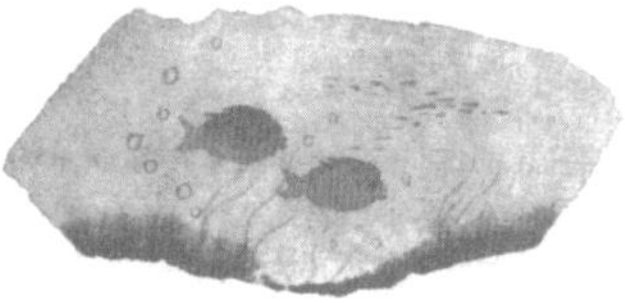

바다로 가자

바다로 가자 큰 바다로 가자
우리는 이젠 큰 하늘과 넓은 바다를 마음대로 가졌노라
하늘이 바다요, 바다가 하늘이라
바다 하늘 모두 다 가졌노라
옳다. 그리하여 가슴이 뻐근하여져서
우리 모두 다 가잤구나, 큰 바다로 가잤구나
우리는 바다없이 살았지, 숨막히고 살았지,
그리하여 조여들고 울고불고 하였지
바다 없는 항구 속에 사로잡힌 몸은
살이 터져나고 뼈 튀겨나고 넋이 흩어지고
하마트면 아주 꺼꾸러져 버릴 것을
오— 바다가 터지도다 큰 바다가 터지도다
쪽배 타면 제주야 가고 오고
독목선(獨木船) 왜(倭)섬 이사 갔다 왔지
허나 그게 바다일러냐
건너 뛰는 실개천이라
우리 삼년 걸려도 큰 배를 짓자구나

큰 바다 넓은 하늘을 우리는 가졌노라
우리 큰 배 타고 떠나가자구나
창랑을 헤치고 태풍을 걷어차고
하늘과 맞이은 저 수평선 뚫으리라
큰 호통하고 떠나가자꾸나
바다 없는 항구에 사로잡힌 마음들아
툭 털고 일어서자 바다가 네집이라
우리들 사슬 벗은 넋이로다 풀어놓인 겨레로다
가슴엔 잔뜩 별을 안으려마
손에 잡히는 엄마별 아가별
머리 위엔 끄득 보배를 이고 오렴
발 아래 좍 깔린 산호요, 진주라
바다로 가자, 우리 큰 바다로 가자

춘 설

—남방춘신 · 1

때마침 구 정초 보름 전이라 예년 같으면 지금 한창 설놀이에 날 가는 줄 모를 판이다. 안방에서는 윷판이 벌어지고 사랑방에서는 여러 가지 내기판이며 풍류 시조까지 떠들썩할 것이요, 마당에 모인 붉은 댕기들은 널판을 서넛은 갖다 놓고 어마어마 높이 뛰고, 고샷길에서 돈치던 놈들은 담 넘어 보려다 넘어지고 요새 밤같이 초생달이 차츰 커 가노라면 남방에서는 가장 큰 설놀이라 할 줄다리기도 시작될 것이다.

이유야 어찌되었든지 금년부터는 시골서들도 양력 과세를 안 할 수 없게 된 관계로 실상은 음·양력간에 설 쇠는 것이 흐지부지가 되고만 셈이다. 세말 정초가 눈에 뛸 만큼 번거롭지도 않았고 거리의 새배꾼이며 선산에 성묘꾼도 아마도 많았던 것 같다.

풍습과 기분이란 기묘한 것이어서 먼저 설 때엔 잠자코 있던 축들이 이번 설에는 하고 잔뜩 벼르고들 있었던 모양인데 세찬(歲饌) 보름께쯤 시원한 눈이 척설(尺雪)이 넘고 그 위에 또 내리고 또 쌓이고 하는 통에 제법 말만씩한 놈들이 모퉁이에다 널판을 갖다는 놨으나 암만해도 뛸 수가 없어 한숨만 쉬는 것을 본다.

눈도 눈도 첨 보았다. 남쪽엔 눈이 왜 없을 거냐마는 40년 내 처음 보는 눈이라니 우리 눈알이 휘둥그래질 밖에 없다. 스키를 보내라, 전보를 친다, 스케이트를 K주(州)까지 사러 간다, 야단들이었다. 전보 주문이란 것이 그럴 법한 것이 이곳 눈과 얼음이 해만 번듯 나면 녹아버릴 것이 정해 논 일 아닌가.

척설이라 치더라도 흙이 다습더라도 완연히 따스울 것이 이곳 사람이 다 알고 있는 까닭이다. 더러 희한한 눈이 그렇게 내려서 스키가 뭔지 스케이트가 맛이 어떤 것인지를 남방 사람들도 교습받을 필요가 없지 않다.

겨울에 화로를 모르고 사는 사람들, 장판의 방이 따습거나 했으면 마련 오줌도 참고 앉아서들 시조나 읊고 풍류나 좀 하면 몇 날 안 되는 겨울이라 어느새 가고 없다.

이번 눈 통에 그래도 그 시조만은 재미를 본 셈이었다. 설월(雪月)이하든지 적설(積雪)이하든지 도무지 실감있게 불러 보지는 못했을 축들이 요번에는 한량(閑良)은 둘째 치고 초월(初月)도 설월요, 산옥(山玉)도 적설이다.

눈 설(雪)자는 시조를 모두 가리켜 내려는 것이다. 시조가 아니더라도 우리말로 눈하기보단 한자로 설(雪)자가 눈에 더 가까운 것도 같아서 '눈'을 넣어 시조를 주면 설(雪)자 넣어 달랜다.

눈이 쌓이고 있을 때 실컷 설자(雪字) 시조를 읊어보자는 심사도 그럴 법히 여겨진다. 그 눈이 스키나 스케이트를 산 축들의 염려를 가라앉히지 못하고 그만 이번 비에 자취도 없이 녹아 없어졌다. 그럼 그렇지, 신문에 삼방(三防)과 금강에 새로 강설이 심하여 이제부터 스키가 시작될 것을 써는 놓았고 전 보친 축들의 원망도 사주어야 될 법하다.

눈이 없을 적에 정초 비가 왔더라도 틀림없이 봄비의 맛이 나는 곳이라 반삭(半朔)을 넘어 천지를 하얗게 덮었던 눈 때문에 겨울도 지리하다는 감이 없지도 않았던 것을 단 하루밤 비에 허망하게도 물러간 것이 겨울이요, 찾아든 것이 벌써 봄밖에 없다.

바닥이 따스우니 눈 속에서도 자랐을 것, 수선(水仙)은 한 치가 넘는다. 보리끈은 호미로 캐어 죽을 끓일 만큼 소복소복 커 올랐다.

봄이 풍기는 새파란 잎이 새깔이 벌써 들었고, 흙빛이 더 검어진 것이 분명하여 김이 솔솔 오르고 있다. 내 눈 감고 잠자리에 들어도 매양 슬프고 꿈이 오히려 서러운 때가 많아져서 아침이면 참새보다도 귀를 더 속히 뜨고 자리를 걷어차면 뒷산을 오른다.

오늘 아침은 이불속에서 문득 김이 무럭무럭 오를 강물이 보고 싶어져서 그대로 내걷기 30분, 저자를 지나고 강언덕에 나섰다. 강물은 앞산 얕은 봉우리를 돋는 햇발에 잠잠히 이는 물결뿐, 밤새 생긴 밤의 흐름이라 그럴법히 어린 태가 돌고 무럭무럭이라기보다 그저 김이 서리는 정도로 서너 치 물김이 오르고 있다.

춘수

—남방춘신 · 2

이 강물의 나이는 열 여섯을 잡을까. 더구나 오늘이 초여드레, 조금 물이 많을 리 없다. 바다는 바로 밑이다. '갖다 뵈면 쫄—따워질 성싶다. 큰 배가 들어올라치면 오늘 이 강물은 그 배가 다 마셔버려도 마셔버릴 듯 줄기 가늘다.

눈 녹은 뒤 초봄이 이 강물에서 얼른 보인다. 며칠 전까지 강가에 얼어 붙었던 얼음장이 녹기에 이틀이 다 못 갔다. 오리 갈매기가 저 밑 바닷가로 몰리는 듯 하더니만 우—하니 되돌아온다. 기고 날고 톰방거리고 강물이 너무 순해 보여서 그런 성싶다. 너무 허리가 늘어서 그런 성싶다. 그놈들이 아침 날빛을 좋아하는 것이 사람의 그런 정도가 아니다.

우리가 햇빛을 좋아한다는 것은 실상 그리 천연(天然)일 수가 없다. 보람이니 설움이니 건강이니 지지리 햇빛은 쌍화탕이나 다를 거 무엇이냐. 햇빛을 사람이 좋아하기로 아무래도 오리 갈매기보다는 하등열질이다. 사람은 차라리 해를 등지고 사는 것이 옳은 일이 아닐까. 광명을 찾는다는 말부터가 따져 보면 수상하다.

물새와 햇발! 하루 한 시간이라도 좋으니 그렇게 즐겨 볼 수 있다면 세사(世事)를 돌이켜 생각해 보면 천리 만리로다. 그 사람들 틈에서 시(詩)가 어쩌다 생겨났는지 모를 일이다. 몇

세기에 한 사람 적선(謫仙)이 난다 하더라도 사람에게 큰 자랑이 아닐까.

베토벤, 모차르트, 슈베르트, 쇼팽이 났다는 것은 사람의 큰 자랑일 밖에 없다. 한 발 남짓 넘는데 원근의 왕래를 가지고 나룻배도 물 위에 떴다. 물새가 난다. 바다로 바다로 난다. 해가 오른 뒤 사람과 오래 사귀는 것이 위험함을 물새는 안다. 물결 하나 까딱 않는 강물, 나룻배는 잠잠히 오르는 물김만 헤치고 가며 오며 한다. 얼굴이 화끈해지는 것 같아 만지니 따스하다. 거울있어 본다면 불그스레하히라. 아까 말한 건강이 다 이렇게 얻은 건강이 죄될 것도 없으므로 우리는 감사할 것도 없이 그저 건강할 뿐이다.

발을 돌려 딛는다. 어느 해 이른 봄, 그 아침도 다 이런 아침이었으리라. 발을 벗고 사장(沙場)을 들어섰다가 몹시 차서 도망쳐 나온 일이 있었다. 겨우 봄맛 감근 강모래를 선불리 다룰 것도 없다. 산은 모두 제 품안에 지난 삼림 암석을 다 드러내어 보이고는 있지마는, 저마다 얼굴은 환히 드러내지 않는다.

더구나 기압의 탓인지 극히 엷은 안개가 이 골짝 저 골짝에 얕이 몰려 있는 초봄인 듯한 숫스런 태와 간지러움까지 가벼이 싣고 있다. 몇 날이 못 가서 벗어질 어린애 낯에 숨털이 아니냐.

비로 쓸 것도 없다. 박사(薄紗)로 가리워진 명모(明眸)로 하여 우리는 마음 더 설렐 수가 있다. 아까 지나던 저자가 거진 다 헤어진다. 그 아낙네가 찬물에 들어 깊이 뜬 조개를 잡을 수는 없었다. 굴(석화)도 그리 흔할 수는 없다. 누구 하나 이 아침 옷 속에 손을 여민 이가 보이지 않는 것이 시렵지 않을 탓이다.

저자꾼이 온통 아낙네들인데 추워 보이지를 않고 활발하다. 앞으로 추위는 없다는 것쯤 다 알아차린 까닭이다. 한낮쯤 하여 의자를 미나리 방죽과 불통갓 동바를 내려다보고는 코트 위에다 놓고 잠잠하고 따스한 날빛을 수북이 받으며 앉았다. 봄동은 눈에 눈되고 비에 씻기웠으나 외려 더 싱싱하고 탐스럽고 번듯한 폼이 생으로 뜯어먹음직도 하다.

요새 미나리가 얼마나 미각을 당기는가, 고속(故俗)을 떠나 서울이나 사는 친구에게 물어본다면 그는 금방 혓바닥에 침이 돌리라. 그 미나리가 자라기 서너 치보다 더 자라면 캐어 먹는 미나리가 아니라 베어먹는 비나리가 된다. 맛이 떨어질 것은 물론이요, 운치가 있을 턱이 없다.

미나리 봄동이 정초부터 밥상에 오르는데 봄동이 더 전동혹한(前冬酷寒)으로 실수될 수가 있으나 유자(柚子)내가 퍼렇게 사흘 동안 언제고 우리의 진미가 아닐 수 없다.

춘심(春心)

—남방춘신 · 3

이 고샅 저 골목에 아낙네들의 웃음소리가 유창하다. 청초 나들이에 길거리서 잠깐 만나는 인사하는 소리만도 아니다. 웬 음성을 그리 높이 낼 리도 만무하다. 음향이 봄기운을 타는 것이다. 훨훨 울려난다.

어린애들은 벌써 츰내(호드기)를 만들기로 댓가지를 부러뜨린다, 더 일찍 아는 것 같다. 뒷언덕에 '산소나 물그대로' 의자를 만들고 흥청거리면서 늬나늬 늬나누를 분다. '어—허 참,' '잉—이' 하는 소리가 윳택(宅)에서 들려나온다. 사이 좋은 고부간의 살림 수작이 그러하다.

전라도서도 이곳 말이란 것이 처음 듣는 이는 아직 말이 덜 되었다고 웃고, 자주 듣는 이는 간지러워 못 듣겠다고 얼굴에 손까지 가리운다.

시인 C는 감각적인 점에서만도 많이 잡아 써야겠다고 한다. 통틀어 여기 말이 말이라기보단 토정(吐情) 같으나 타도 말인들 의사 표시에 그치지야 하느냐마는 보다 더 토정일 것 같다. 우리가 등이 가려우면 긁고 꼬집으면 아야야를 발음하는 것과 그리 거리가 없는 말일 것 같다.

여자의 말이 더욱 그러하다. '잉-이응-오' 하는 부정어가 어디 또 있는가.

길거리에서 떠드는 말소리가 공중으로 훽 날아들어온다. 봄이 아니고야, 봄이 아니고야 그럴 수 없다. 바람이 댓잎 끝을 새어 나오는데 끝이 다 퍼져 버려서 말소리가 타고 오는 것일까. 어디 그뿐이랴, 장차는 산골짜기마다 찾아가서는 그 간질간질한 안개 아지랑이를 이리 물로 저리 물고 다닐 바람이다. 그러노라면 안개 아지랑이 멋지게 계속에 숨을 날도 앞으로 며칠 아니다.

멋이란 말에 언뜻 생각 키우는 것이 ××의 멋이다. 호남 해변에 가객 기생 사회를 중심으로 멋이 발전했을 것 같다고 하여 서경 시문(書經詩文)에서 보는 것은 멋이 아니라 운치라 하고 멋은 아무래도 명창 광대에 물들어 온 것 같다고 하였다. 서문이 운치와 맛이 어떻게 틀린다는 것을 얼른 말하기는 좀 어렵겠으나 명창 광대께서 멋이 물들어 온다는 것은 수긍할 수 없는 말이다.

선비에게서 광대 명창이 멋을 배우려 애를 써도 격을 갖추지 못하고 떨어지는 수가 많기 때문에 흔히 그들은 신멋을 범한다. 그러고 보니 죄가 멋에 있지 않고 사람에게 있다. 격 높은 평조 한 장을 명창 광대가 잘 해 내지 못하는 것을 보아 알 수 있다.

노래를 멋지게 부른다는 것과 그 양반 멋있다는 것과는 전연 말뜻이 틀린다는 것이다. 관북 관서의 친구를 많이 아는 우리는 ××의 멋있는 훌륭한 시품(詩品)도 알만하다. 수심가나 근대 일찍 육자배기가 퇴폐적일지는 모르되 남도 소리에 대한 지용의 견해엔 좀 승복치 못할 점이 많다 하겠다. 멋이 소리에만 있을 바 아니거니 운치에 무릎을 꿇어놓은 것이 부당할까 생각한다.

선비 가객이 소위 신멋을 범치 않음을 보라. 멋의 항변이 길어졌으나 ××은 평양서 멋진 기생을 못 만나 보신 듯하다.

코트 바닥은 내일쯤은 백선을 그을 만하게 습기가 걷혔다. 정연히 라인을 그어놓아도 난타라도 할 벗의 흰 운동복이 되었을까. 시동을 보내둔다. 론 테니스, 내 청춘의 감격이 무던히 바쳐진 론 테니스, 흰 라인, 하얀 네트, 흰 유니폼, 하얀 불, 봄볕에 그들은 발랄하다. 라켓 든 손을 흐르는 혈조, 1초 전에 만들어진 정혈이리라. 페어플레이의 정신을 나는 론 테니스에서 얻었다 함이 솔직한 고백일 것 같다.

사동이 모래와 흙을 파들여 온다. 화단에 신장(新裝)을 시작한다. 이 구석 저 구석 모여 있는 낙엽은 한 번 진 채 겨울을 났다가 이제야 쓸리운다. 화단에 구르는 낙엽은 한 번 진 채 겨울을 났나가 이제야 쓸리운다. 화단에 구르는 낙엽은 겨울의 한 운치임에 틀림없다.

후엽을 추려보니 몇 종류 안 된다. 동청(冬靑)의 표가 안 붙어 있는 초화(草花)가 이 곳서는 곧잘 그대로 동청한다. 흙을 새로 깔고 잔디를 떼어다가 선을 두르고 화단의 흙을 만지며 떡고물 가을 감(感)이 난다.

수양(垂楊)

—남방춘신 · 4

동백은 앞마다 소복소복 햇발을 지니고도 성하게 푸르다. 양지쪽이면 이 그믐께 그 싱하게 붉은 꽃도 터져 나오리라. 하늘에 총총 막힌 별이 모두 진홍일진대 우리의 마음이 어떨꼬

동백꽃은 숲이 그 가슴에 꼭꼭 박아놓은 붉은 별들이다. 떵저니는 날은 비창할 수까지 있다.

돌담에 얼크러진 연한 뿌리를 찾아낼 수가 없다. 잡초라 무심히 메일까 두려워 그리 깊이 간직했는가. 잡초는 그대로 있을 데 있어 좋아 보이고 어울리거늘.

금렵구 안의 참새떼들이 오늘은 유난히 재재거리는 것이 마치 아침 저자에서 나던 소리다. 심동을 삼경사경 흉하게 울던 올빼미놈이 줄기만 앙상하니 뻗어 있는 가평 나뭇가지에 멍하니 앉아 까치의 조롱감이 되고 있다. 퍽은 어리석게 보이는 귀달린 새, 고놈이 밤중에 쥐를 잡아내는 폼이 고양이와 다를 게 없다. 눈과 귀가 그 소리와 같이 흉하게 된 새다.

원적과 거주계가 다같이 이 금렵구 안에 있는 까마가떼, 이번 큰 눈에 산과 들에 먹을 것을 못 찾고 구장(區長)의 남향 초가지붕을 마구 헤치는데는 긴 간짓대로 날키러 다니는 수밖에

없었다. 좀해서 날아가려고도 않는 것을 보면 검은 까마귀도 그리 미울 것도 없어 파도 안 나오면 갈 것을 기다리기로 한다.

큰 가평나무 세 그루가 그를 백자천손(百子千孫)의 보금자리요, 큼직한 대삽이 그들의 안방이다. 대 가족주의가 반포효도(反包孝道)에서 생겼거니 싶어 은근히 경의를 표할 때도 없지 않다.

까마귀까지 참새는 이 금렵구에서는 개닭보다도 나와 사이가 가까웁다고 해야 옳은 말이다. 개닭을 여러 번 죽인 뒤 더 안 치는 까닭도 있지만 근본의 벽이 없어 잘 치지를 못한 때문이다. 참새는 내 섰는 앞 징채창(一采窓) 안에서 아무 위구심도 없이 예싸 잘들 돌보면 작은 미물이지만 관심이 아니 갈 수 없다. 해조(害鳥)의 낙인이 찍힌 탓으로 더러 그것들의 발목이 베어지는 것을 보고 젊은 주인은 이터 안을 금렵구를 만들었던 것이다. 그 뒤 소년 총사는 물론 실없는 놈팡이 이사(狸師)들도 접근을 안 시킨다.

텅 빈 하늘빛은 비로 쓸 만치 뿌옇다. 몇날 안 가서 보드레한 에머랄드가 깔릴 것을 생각한다. 아무래도 수양(垂楊)이 초봄의 초신호(初信號), 부는 듯 마는 듯한 미풍에도 설레나니 기어코 파르스름한 봄을 적시고 만다. 앞으로 5, 6일이다. 하루 한 번씩 수양을 바라보아 봄의 숨소리와 걸음걸이를 뒤따를 수 있다. 이 몇날이 가장 중요한 봄의 생리 기간이라 이 동안만은 점심을 굶더라도 지켜야 한다. 수양의 생리를 지켜야 한다.

처가 나들이를 차리고 나선다. 이건 남의 옷, 모자까지.

「왜 또 이러오?」

「K주를 같이 가실 거나. 중(重)이한테를 가실 거나.」

「마음을 그만 가라앉히래두.」

「오늘은 꼭 가겠어요.」

작정을 단단히 한 셈 같다. 중이를 그 눈 속에 묻고는 나만 한 번 눈을 헤치고 가 보았지 처는 핑계핑계하여 못 가게 해놨던 것이다. 날씨가 확 풀린 봄이요, 중이 생각이 불현듯 치밀어 나선 사람을 막을 수도 없고 하여 K주는 작파하고 중이를 찾아가기로 한다.

3마장 논둑길, 별로 말도 없이 간다.

「울지 마우.」

대답이 없다.

「울 테요.」

벌써 처의 안면 근육이 이상스러진다. 다행히 논두룩에 아직 일꾼은 안 나오는 때니 들킬 것은 없지만 자식을 묻고 뫼 찾아가는 우리 내외를 먼 빛으로도 짐작할 수도 있는 처지라 시하(侍下) 사정도 있고 남의 눈에 뜨일 것이 좋을 것도 없고 하여 첫 번은 내 혼자 다녀왔던 것이다.

중(重)이 생각이 나는가 하면 중이 그 두 눈이 먼저 보여져서 아찔해진다. 사리어 주기를 애원하는 두 눈, 중이는 특히 두 눈이 잘 생겼던 아이다. 10년 전에 처음 둘째아이를 놓쳐 봤고 이번 중이를 보내는데 간이 어찌 안 썩고 있는지 모르겠다. 사람의 죽음 중에 영아의 죽음이 가장 불쌍하지 않을까.

나도 눈물을 좀 냈다. 펴는 목이 메이었다. 중이가 묻히던 밤, 반 시간 앞서 큰 눈이 내리기 시작하여 두 주일 동안 천지가 눈으로 덮여 버렸으니 죽은 애가 척설 그 밑에 꽁꽁 언 땅 속에 그대로 눈물 내고 보채고 하는 것만 같아 안타까울 밖에 없다.

이번 갔다 오면 처도 웬만히 잊을 터이다. 그러므로 어린애 죽음이 더 불쌍하다. 두 번을 다 아이를 놓치고 나면 봄이 찾아오게 된 탓으로 항상 마음이 서언하다.

김영랑(金永郎) 생애와 작품연대

*1903년(1세) 1월 16일(음력 1902년 12월 18일) 전남 강진군 강진읍 남성리 221번지에서 5백 석 지주인 짐 종호의 5남매 중(2남 3녀) 장남으로 태어남.

출생 당시 남성리 일대는 탑골이라고 불렸으며 주로 농업을 생계로 하는 조용한 부락이었다. 영랑의 아버지 김 종호는 김해 김씨 가문의 대대로 내려오는 지주여서 비교적 여유 있는 생활을 할 수 있었다. 이러한 집안의 장남으로 태어난 영랑은 엄격한 가르침 속에서도 평탄한 교육을 받을 수 있었다. 당시 아명은 채준으로 불리어졌으며, 그의 본명은 윤식(允植)이다.

*1909년(7세) 강진 보통학교 입학

*1915년(13세) 강진 보통학교 졸업

*1916년(14세) 16세의 김해 김씨와 결혼.

*1917년(15세) 휘문의숙(현 휘문중 · 고등학교)에 입학. 당시 휘문의숙은 5년제였는데 그의 바로 윗학년에는 다영(多影) 안석주(安碩柱)와 노작(露雀) 홍사용(洪思容)이 있었으며, 영랑 바로 아래 학년에는 정지용(鄭芝溶), 이선근(李瑄根)이 있었고, 그 아래 학년에는 상허(尙虛) 이태준(李泰俊)이 있었

다. 영랑의 동기동창으로는 향인(杏仁) 이승만(李承萬;書家)이 있다. 이 해에 그의 부인과 사별하다.

*1919년(17세) 3 · 1운동이 일어나자 종로 네거리에서 독립만세를 외치다 순경에게 붙들려 심한 고문을 당했다. 그 후 그는 휘문의숙을 3학년으로 학업을 중단하고 「독립선언문」을 감추고 하향하여 강진에서 독립만세 운동을 모의하다 체포되어 대구 형무소에서 복역하다.

*1920년(18세) 일본으로 건너가 동경 청산학원(아오야마 학원) 중등부에 입학. 이 무렵 혁명가이며 무정부주의자인 박열(朴烈; 6 · 25 때 납북됨)과 같은 방에서 하숙. 평생의 지우인 박용철(朴龍喆)과 친교를 맺었다. 박용철은 영랑에게 시작활동을 하라고 계속 권유하여 그때부터 영랑은 시를 짓게 되었다고 한다.

동경에 있는 동안 당시 영국의 낭만주의 시인인 카이츠나 셸리의 시에 몰두하여 인간성에 대한 사랑과 아름다움에 감수성을 더욱 풍부하게 길렀다.

*1921년(19세) 일시 귀국했다가 이듬해 다시 동경으로 가 청산학원 영문과에 진학했다.

*1923년(21세) 관동대지진으로 학업을 중단하고 고향으로 돌아옴.

*1925년(23세) 개성(開城) 호수돈 여고 출신의 김귀련(金貴

蓮)과 중매결혼을 했다. 영랑의 숙부와 부인의 숙부가 일본 동경 유학시절의 친구였는데 그들이 소개한 것이라 한다. 부인 김귀련은 1906년생으로 경기도 개성에서 김흥국과 조씨 사이의 1남 3녀의 장녀로 출생, 개성 호수돈 여고를 졸업한 후 원산 루씨 여고에서 교편생활을 하다가 그의 나이 20세 때 영랑과 결혼하게 된 것이다. 이들의 결혼식은 1925년 5월 초순경 거행했는데, 이때 들러리를 영랑의 친구인 향인이 승만이 섰다고 한다.

*1927년(25세) 장녀 애로(愛露) 태어남.

*1928년(26세) 장남 현욱(炫郁) 태어나다.

*1930년(28세) 1929년 가을 용아 박용철이 서울에 기거하면서 『시문학사』의 창립을 서두르며 《시문학》의 창간을 추진. 용아는 자기 작품보다도 영랑의 시편들을 애지중지하여 1930년 드디어 《시문학》이 창간되자 영랑도 적극 참여하여 《시문학》지에 〈동백잎에 빛나는 마음〉 등 30여 편을 발표, 〈동백잎에 빛나는 마음〉 (시) 《시문학》 3월호, 〈언덕에 바로 누워〉 (시) 《시문학》 3월호, 〈누이의 마음아 나를 보아라〉 (시) 《시문학》 3월호, 〈4행소곡 7수—뵈지도 안는 입김의 · 님 두시고 가는 길의 · 문너진 성터에 · 저녁때 저녁때 · 풀우에 재저지는 · 푸른 향물 흘러버린 · 좁은 길가에〉 (시) 《시문학》 3월호, 〈제야〉 (시) 《시문학》 3월호,

〈쓸쓸한 뫼 앞에〉 (시) 《시문학》 3월호, 〈원망〉 (시) 《시문학》 3월호, 〈내 마음 고요히 고운 봄길 우에〉 (시) 《시문학》 5월호, 〈꿈밭에 봄마음〉 (시) 《시문학》 5월호, 〈사행소곡 5수-허리띠 매는 시악시 · 못오실 님이 · 다정히도 불어오는 · 향내 없다고 · 언덕에 누워〉 (시) 《시문학》 5월호, 〈가을한 마음〉 (시) 《시문학》 5월호, 〈하날갓 다은데〉 (시) 《시문학》 5월호, 〈하늘의 옷감〉 (역시) 예이츠 원작 · 《시문학》 5월호, 〈이니스프리〉 (역시) 예이츠 원작 · 《시문학》 5월호.

*1931년(29세) 〈내마음을 아실이〉 (시) 《시문학》 10월호, 〈4행소곡 5수—밤사람 그립고야 · 눈물속 빛나는 보람과 · 빈 포케트에 손 찌르고 · 바람에 나붓기는 깔잎 · 뻘은 가슴을 훤히 벗고〉 (시) 《시문학》 10월호, 〈시냇물 소리〉 (시) 《시문학》 10월호

*1932년(30세) 차남 현국(炫國) 태어나다.

*1934년(32세) 〈사행소곡 6수—그밖에 더 아실이 · 밤이면 고층 아래 · 저 곡조만 마조 · 산골을 노리터로 · 사랑은 깊으기 · 빠른 철로에〉 (시) 《시문학》 1월호, 〈불지암 서정〉 (시) 《문학》 2월호, 〈모란이 피기까지는〉 (시) 《문학》 4월호.

*1935년(33세) 첫시집 《영랑》을 시문학사에서 간행. 3남 현철(炫澈) 태어남.

*1936년(34세) 문단의 후배인 서정주와의 교우가 시작됨.

*1938년(36세) 4남 현태(炫台) 출생하다. 〈감나무에 단풍드는 전남의 9월〉 (조광 9월호 수필) 〈가을〉 (여성 10월호 시)

*1939년(37세) 〈거문고〉 · 〈가야금〉 《조광》1월호 (시), 〈달마지〉 《여성》 4월호 (시), 〈연〉 《여성》 5월호 (시), 〈두견과 종다리〉 《조선일보》1월호 (수필), ₩ 〈5월〉 《문장》 7월호 (시), 〈피서지 순례〉 《여성》 8월호 (기행문), 〈독을 차고〉 《문장》 11월호 (시), 〈묘미병〉 《조광》12월호 (시), 〈인간 박용철〉 《조광》12월호 (인물평)

*1940년(38세) 5남 현도(炫道) 출생.

〈춘설〉 · 〈춘수〉 · 〈춘신〉 · 〈수양〉 (『조선일보』 2월 게재 (수필), 〈한줌 흙〉 (《조광》 3월호 (시), 〈강물〉 (《여성》 4월호 시), 〈호젓한 노래〉 《여성》 6월호 (시), 〈우감〉 《조광》 6월호 (시), 〈춘향〉 (문장》 7월호 (시), 〈집〉 《인문평론》 8월호 (시)

*1944년(42세) 차녀 애란(愛蘭) 출생.

*1945년(43세) 해방과 함께 강진에서 대한독립촉성회 단장 역임.

*1946년(44세) 〈북〉 (시 · 동아일보 12월 10일) 발표.

*1947년(45세) 〈열망의 독립과 냉철한 현실〉 (시론 · 민중일보 6월 17일), 〈바다로 가자〉 (시 · 민중일보 8월 7일)을 발표

*1948년(46세) 초대 민의원에 출마하였으나 낙선. 이 해 가을에 서울로 이사를 옴. 〈한 줌 흙〉(시·신천지 10월호), 〈놓인 마음〉(시·신천지 10월호), 〈새벽의 처형장〉(시·동아일보 11월 14일), 〈절망〉(시· 동아일보 11월 16일) 발표.

*1949년(47세) 공보처 출판국장으로 취임. 이듬해 4월 퇴직. 10월에 서정주가 편집한 《영랑시집》이 중앙문화협회에서 출판됨. 〈겨레의 새해〉(시 · 동아일보 1월 6일), 〈연〉(Ⅱ)(시 · 백민 1월호), 〈나치 반항의 노래—도살자의 군대를 떠나라! 히틀러에 대하는 독일 병사 · 병사들이여! 이제는 아무 희망도 없다〉(역시·바이너트 원작 · 신천지 3월호), 〈제목 없는 대학생〉(시론·해동공론 3월호), 〈망각〉(시 · 신천지 8월호), 〈발짓〉(시·민성 8월호), 〈감격 8.15〉(시 · 서울신문 8월 15일), 〈5월의 아침〉(시 · 문예 9월호), 〈문학이 부업이라든 박용철 형〉(고인시정 · 민성 10월호), 〈출판문화 육성의 구상〉(평론 · 신천지 10월호), 〈행군〉(시 · 민족문화 10월호), 〈수풀아래 작은 샘〉(시·『영랑시선』 11월), 「언 땅 한길」(시·『영랑시선』 11월)

*1950년(48세) 6 · 25 한국전쟁이 발발되자, 서울 장충동에 있는 친척집에 은신해 있다가 9월 27일 포탄 파편으로 복부에 중상을 입었다. 다음날 9월 28일 서울 수복과 함께 부상 당한 채 집으로 옮겨 와서 치료를 받았으나 결국 다음 날인 9월 29일 47세의 아까운 나이로 타계했다. 〈앞허누워〉

(시 · 시사조 1월), 〈지반추억〉 (시 · 민족문화 2월호), 〈천리를 올라온다〉 (시 · 백민 3월호), 〈어느날 어느 때고〉 (시 · 민성 4월호), 〈5월한〉 (시 · 신천지 6월호) 발표.

*1951년 장충단 근처의 묘지에서 지금의 망우리 공동묘지로 묘를 이장. 공초 오상순, 월탄 박종화, 이헌구 등의 노력으로 건립한 묘비가 세워져 있다. 〈모란이 피기까지는〉 시구 일부가 김충현의 글로 새겨졌다.

*1970년 전남 광주공원에 박용철의 시비와 함께 영랑의 시비가 나란히 세워짐.

김영랑 시집
모란이 피기까지는

재발행 2017년 08월 20일

펴낸이 홍철부
펴낸곳 문지사

등록일 1978년 8월 11일 (제3-50호)

주　소 서울특별시 은평구 갈현로 312

영업부 02)386-8451
편집부 02)386-8452
팩　스 02)386-8453

값 6,000원